Gallimard Jeunesse - Giboulées sous la direction de Colline Faure-Poirée

ISBN : 978-2-07-064367-7
Dépôt légal : janvier 2012
Numéro d'édition : 237015
Loi n° 49956 du 16 juillet 1949
sur les publications destinées à la jeunesse
Photogravure de IGS-CP
Imprimé en France par Pollina - L58809

La Reine MamanMaman

Alex Sanders

Gallimard Jeunesse - Giboulées

Il était une fois la plus belle des reines… La Reine MamanMaman! Elle avait sept enfants. Sept petits poussins tout à fait charmants, qui, bien qu'un peu turbulents, n'oubliaient jamais le jour de la fête des mamans! Ils adoraient venir se blottir dans sa majestueuse robe fleurie qui sentait bon l'amande douce. La Reine MamanMaman les chérissait, les gâtait, les bichonnait, pouponnait avec une infinie tendresse et donnait à chacun tout son amour.

Le Château Tendresse avait été joliment rebaptisé par les enfants Château Maman. Et celui-ci résonnait de leurs rires et des grandes cavalcades qu'ils faisaient dans ses immenses couloirs.
– Des frites! Des frites! les entendait-on réclamer en chœur cent lieux à la ronde à l'heure du déjeuner. Personne ne savait préparer les frites comme leur chère maman! C'était sa spécialité, elle leur en faisait des montagnes! Ah! Comme elle chouchoutait ses petits lapins…

Maman
Maman

… Même lorsqu'ils faisaient des bêtises, et ils en faisaient énormément ! Ainsi, les marmots de Sa Majesté avaient du poil à gratter plein les poches et en saupoudraient quiconque s'approchait d'eux ! Leurs batailles de coussins, telle une redoutable tornade, mettait sans dessus dessous tout le palais ! La reine devait alors hausser un peu le ton :

– Je vais vous envoyer apprendre les bonnes manières chez le Roi PoliPoli ! prévenait-elle et, s'ils étaient vraiment insupportables, elle menaçait d'inviter la Reine PanPanCuCu à passer le week-end !

Lorsque le nom de la terrible souveraine était prononcé, le Château Tendresse devenait alors tout à fait calme… comme par enchantement. On pouvait même entendre les domestiques rire et plaisanter. Les enfants de Sa Majesté se mettaient alors à leurs crayons de couleur et dessinaient des cœurs pour leur Reine MamanMaman adorée. Et, pour la fête des Mères, ils lui confectionnaient avec amour des colliers de perles et des bijoux magnifiques en véritables feuilles d'or…

– Quel merveilleux trésor ! Ces bijoux sont les plus beaux que l'on m'ait jamais offerts ! s'exclama la Reine MamanMaman, enchantée par d'aussi beaux cadeaux.
Seulement, ce jour-là, le Roi FilouFilou était en embuscade… Et le mot « trésor » tomba dans ses oreilles pointues, et fit étinceler son œil de gredin. Horreur ! Dès le lendemain, le roi des voleurs kidnappa les enfants chéris de la tendre reine.
Il les enferma dans son château, et réclama ses bijoux en rançon…

La Reine BisouBisou vint la prévenir.
Elle avait tout vu : le Roi FilouFilou
et ses gardes aux aguets dans la forêt
avec de grands filets, alors que les
enfants cueillaient des framboises…
– J'en ai le cœur tout retourné !
Si vous saviez ! Vos petits criaient et
se débattaient comme ils le pouvaient,
poursuivit l'émotive souveraine.
La Reine MamanMaman était
épouvantée, offusquée, scandalisée !
Elle courut aussitôt aux cuisines
du château se saisir d'une grande
poêle à frire.

« Il va lui en cuire ! » songeait-elle, lorsque surgit brusquement le Roi SuperSuper des confins de l'univers. Il venait proposer ses royaux services :

– On vient juste de m'informer du rapt de vos adorables bambins, Majesté, par cet abominable roi des bois. Si vous le souhaitez, je peux vous donner un super coup de pouce, dit-il à la reine avec un clin d'œil.

– Votre Majesté plaisante ! répondit la reine. Je n'ai pas peur de ce vaurien ! Et je n'ai donc pas besoin de vous ni de vos gros muscles !

C'est aussi ce qu'elle répondit au Roi Hardi ! Hardi ! qui s'offrait également à lui prêter main-forte :

– Le Roi FilouFilou est un rusé renard ! Méfiez-vous de lui, ses vilaines flèches vous transperceront le cœur ! l'avertit le chevalier.

– Gardez votre bouclier et votre épée ! Je les arrêterai avec ma poêle à frire ! lui rétorqua la souveraine, très en colère.

Mais, lorsqu'elle arriva au Château des Bois, les enfants lui avaient réservé encore une surprise à leur façon : le Roi FilouFilou était en déroute ! Les petits chenapans de la reine avaient complètement dévasté son palais et neutralisé ses gardes avec du poil à gratter. Ils le poursuivaient maintenant pour lui faire subir le même sort. Le vilain roi poussait des cris de panique et tentait de s'enfuir à tout prix !

Il se retrancha dans ses appartements, mais se trouva finalement en très fâcheuse posture… Le fils aîné de la Reine MamanMaman s'était emparé subrepticement d'un arc et d'une flèche et le tenait en joue. Le Roi FilouFilou tenta d'user d'artifice :

– Donne-moi donc cet arc, c'est très dangereux, tu vas te blesser, mon petit lui dit le rusé souverain. Mais le garçon ne se laissa pas embobiner et le fit prisonnier.

Pire encore, le Roi FilouFilou alla jusqu'à supplier à genoux la Reine MamanMaman de récupérer ses « charmants » enfants !

– Gardez-les donc quelques jours encore ! ironisa la reine.

– Je vous en prie, je crois que leur tendre mère leur manque beaucoup ! Permettez-moi de vous offrir ce joli collier que j'ai hérité de ma mamie, lui proposa-t-il, espérant ainsi ne pas finir dans les cachots de la Reine PanPanCuCu. Quel menteur ! C'était le collier qu'un de ses hommes venait de voler au cou de la Reine BisouBisou !

La Reine MamanMaman ramena tous ses petits poussins sains et saufs au château. Elle était fière d'eux et les avait félicités tout au long du chemin. Comme ils étaient heureux, tous blottis auprès de leur maman chérie ! La Reine BisouBisou passa dans la soirée pour récupérer son collier… Elle était ravie et distribua des bisous par milliers ! La Reine MamanMaman prépara alors une SUPER montagne de frites dorées pour récompenser ses diablotins adorés !